小學生錯別字自測
初階篇

商務印書館

小學生錯別字自測（初階篇）

主　　編：商務印書館編輯部
責任編輯：馮孟琦
封面設計：涂　慧
出　　版：商務印書館（香港）有限公司
香港筲箕灣耀興道 3 號東滙廣場 8 樓
http://www.commercialpress.com.hk
發　　行：香港聯合書刊物流有限公司
香港新界荃灣德士古道 220-248 號荃灣工業中心 16 樓
印　　刷：中華商務彩色印刷有限公司
香港新界大埔汀麗路 36 號中華商務印刷大廈 14 字樓
版　　次：2021 年 5 月第 1 版第 3 次印刷

ISBN 978 962 07 0382 9
Printed in Hong Kong

使用說明

(1) 把測試成績記錄下來。答對1分，答錯0分，每50題做一次小結，看看表現怎樣。

(2) 左頁每個句子都藏有一個小學生常見錯別字，請你把它找出來。

(3) 做完左頁全部題目，才翻開長摺頁核對答案。無論答對還是答錯，你都應該仔細閱讀右頁的解說，弄清楚出錯原因和正誤字的區別，加深認識。

(4) 完成所有測試後，可以把這本書當作「小學生字詞讀本」使用。

老師按排我做新年
聯歡會的主持人。

小美最喜歡
打聽別人的
八掛消息。

一輛輛汽車奔弛
在高速公路上。

一兩豪華的房
車慢慢地停到
了學校門口。

按排 – 安排 形近誤用

按：手部，用手往下壓（按門鈴），依照（按時）。
安：宀部，沒有危險（安全），平靜穩定（安寧）。
安排：分先後地處理事情，安置人員。

八掛 – 八卦 同音誤用

掛：手部，把東西吊起（掛衣服），惦記（掛念）。
卦：卜部，古代占卜用的符號。
八卦：中國古代占卜用的一套符號。
　　　現在也指不正式公佈的消息。

奔弛 – 奔馳 形近誤用

弛：弓部，放鬆（鬆弛）。
馳：馬部，車馬等快速奔跑（飛馳）。
奔馳：(車，馬) 很快地跑。

一兩 – 一輛 同音誤用

兩：入部，數目字二，表示不定數（過兩天）。
輛：車部，量詞，用於計算車的數量。
一輛：表示汽車的數量是一。

今天的石班很新鮮，我們要一條吧！

匆忙之間，我忘記了帶鑰匙出門。

張校長深受同學們的愛帶和尊敬。

這棟危樓終於被折除了。

石班 － 石斑 同音誤用

班：玉部，按一定要求編制的組別（班級），與人或交通工具搭配的量詞（三班飛機）。

斑：文部，雜色的點子或條紋（斑馬）。

石斑：一種海魚，包括很多種類別。

勿忙 － 匆忙 形近誤用

勿：勹部，不，不要。

匆：勹部，急，忙。比「勿」多了一點。

匆忙：指趕着做某事，非常忙碌。

愛帶 － 愛戴 同音誤用

帶：巾部，隨身拿着（攜帶），引導（帶領）。

戴：戈部，把東西放在頭、面、頸、胸等地方（戴帽子）。

愛戴：敬愛並且擁護。

折除 － 拆除 形近誤用

折：手部，弄斷（折斷），彎曲（曲折），減少（折扣）。

拆：手部，把合在一起的東西分開、弄散（拆散）。

拆除：拆掉，除去。「拆」比「折」多了一點。

爸爸乘座飛機到美國出差。

姐姐最愛吃
梁瓜炒蛋。

大雨過後，
天邊出現了
一道彩紅。

從今天開始，
我就成為一名
小學生啦！

乘座 – 乘坐 同音誤用

座：广部，供人坐的位置（讓座），量詞（一座山）。

坐：土部，跟「站立」相對（坐下），乘搭（坐車）。

乘坐：騎，乘搭。「坐」是動詞，「座」則是名詞與量詞。

梁瓜 – 涼瓜 同音誤用

梁：木部，支撐屋頂的大橫木（房梁）。

涼：水部，溫度比較低（涼爽），避熱用的東西（涼蓆）。

涼瓜：即苦瓜，是一種蔬菜，味道苦。

彩紅 – 彩虹 同音誤用 形近誤用

紅：糸部，像新鮮血液那樣的顏色（紅色）。

虹：虫部，一種自然現象，太陽光照射水氣形成的彩色圓弧。

彩虹：雨後天晴時，太陽光照射水氣形成的彩色圓弧。

令天 – 今天 形近誤用

令：人部，上級對下級的指示（命令），使（令人高興）。

今：人部，現在、當前（今年）。

今天：説話時的這一天。

葉老師戴領
合唱團取得
了歌唱比賽
的金獎。

媽媽出差的時候，
總是掂記着我。

你把需要的
東西一並寫
下，我去買
回來。

我們應該按順序排隊等候巴士。

戴領 – 帶領 同音誤用

戴：戈部，把東西加在頭上或身體的其他部位（戴帽子）。

帶：巾部，捆紮用的長條形東西（鞋帶），隨身拿着（攜帶）。

帶領：引導，指揮

掂記 – 惦記 同音誤用 形近誤用

掂：手部，估算重量（掂量）。

惦：心部，思念。因為是一種心理活動，所以用「心」部。

惦記：心裏總想着，放不下心。

一並 – 一併 同音誤用

並：一部，相挨着（並排），而且。

併：人部，合在一起。

一併：將幾件事合在一起辦。

等侯 – 等候 形近誤用

侯：人部，中國古代的爵位（侯爵），也是一個姓氏。

候：人部，等待（等候），時間（時候），問好（問候）。

等候：等待。

經過努力，我終於
通過體能測試啦！

我們不能隨便
丟棄電池，否
則會污染環境。

我最喜歡吃
蕃茄炒蛋。

媽媽吩付我，
吃完飯就要做
功課。

側試 — 測試 音近誤用 形近誤用

側：人部，旁邊（兩側），向旁邊傾斜的（側影）。
測：水部，考驗檢查（測驗），猜想、預料（預測）。
測試：檢查，考試。

電弛 — 電池 同音誤用

弛：弓部，放鬆（鬆弛）。
池：水部，水塘（池塘）。
電池：能將儲存的化學能量轉化為電能的裝置。

蕃茄 — 番茄 形近誤用

蕃：艸部，茂盛、繁多。
番：田部，指外國的（番薯），表示次數（三番四次）。
番茄：即西紅柿，原產自南美洲。

吩付 — 吩咐 同音誤用 形近誤用

付：人部，給（支付）。
咐：口部，與「吩」連用，表示安排。
吩咐：口頭説出命令，安排工作。

快到聖誕節了，
我和媽媽一同去
構買聖誕禮物。

放暑假的時
候，我和爸
爸回廣洲探
望爺爺。

他的父母不辛去世了，
只剩下他孤零零一個人。

北京故宮是清朝
王帝居住的地方。

構買 － 購買 音近誤用

構：木部，建造、建築，組合或設計（構思）。

購：貝部，買(購物)。因為與錢有關，所以屬於「貝」部。

購買：買東西。

廣洲 － 廣州 同音誤用

洲：水部，指江河中的小塊陸地（長洲），也指大陸（亞洲）。

州：巛部，古時的一種行政區域（州府）。

廣州：是中國廣東省的中心城市。

不辛 － 不幸 形近誤用

辛：辛部，辣味（辛辣），勞苦（辛苦），悲傷（辛酸）。

幸：干部，生活愉快美滿、稱心如意（幸福）。

不幸：使人失望、傷心和痛苦。

王帝 － 皇帝 同音誤用 義近誤用

王：玉部，國君（國王），最強的（歌王）。

皇：白部，帝王（皇宮）。

皇帝：指中國古代最高統治者的稱號。

天氣乾燥，我們要多
渴水，補充水分。

夏天到了，
這片荷溏中
開滿了美麗
的荷花。

從這兒到
沙田有五
公裡遠。

姐姐讓媽媽
不要耽心，
她會照顧好
自己。

渴水 － 喝水

同音誤用 形近誤用

渴：水部，口乾想喝水（口渴），形容急切（渴望）。

喝：口部，吸食液體或稀的食物（喝酒），大聲叫喊（喝彩）。

喝水：把水飲下去。

荷溏 － 荷塘

形近誤用

溏：水部，本指水池，但現在多表示不凝結在一起的、半流動的意思，也指泥漿。

塘：土部，岸邊，水池（池塘）。

荷塘：種植了荷葉和荷花的池塘。

公裡 － 公里

形近誤用

里：里部，長度單位（里程）。

裡：衣部，指地方（這裡），內部的（裡面）。裡可寫作「裏」。

公里：一公里等於一千米。

耽心 － 擔心

耽：耳部，拖延（耽擱）。

擔：手部，用肩挑（擔水），負責（擔任），掛念（擔憂）。

擔心：對某事或某人放心不下。

有甚麼好的辦法對負打電話來的騙子呢？

各種各樣的電氣產品，讓生活變得越來越方便。

我要跟媽媽學做瑞士雞亦。

我最喜歡慈詳的奶奶，奶奶也最喜歡我了。

對負 — 對付 同音誤用

負：貝部，背、承擔（負責），失敗（勝負）。

付：人部，交給（支付）。

對付：處理，辦理事情。

電氣 — 電器 同音誤用

氣：气部，氣體，自然界冷熱陰晴等現象（天氣），味道（氣味）。

器：口部，用具（武器），生物體的某些部分（器官）。

電器：用電的器具。

雞亦 — 雞翼 同音誤用

亦：亠部，也是（我亦知道）。

翼：羽部，翅膀（鳥翼），像翅膀的東西（機翼）。

雞翼：雞的翅膀。

慈詳 — 慈祥 同音誤用 形近誤用

詳：言部，周密、齊全（詳細）。

祥：示部，吉利（吉祥）。

慈祥：慈愛和善。「慈祥」指老年人的神態。

我要堅持天
天鍛練，保
持身體健康。

今天是爸爸
媽媽的結婚
記念日。

警察是公撲，
他們的職責是
為市民服務。

遠處的青山
高底起落，
連成一片。

鍛練 – 鍛煉

練：糸部，反復學習和實踐（練習），經驗多（熟練）。
煉：火部，用心思考、下功夫（煉字）。
鍛煉：通過勞動和實踐，使能力提高。

記念 – 紀念 音近誤用 形近誤用

記：言部，不忘（記得），想念，把事情寫下來（記錄）。
紀：糸部，記載（紀錄），規則（紀律）。
紀念：深深地懷念，記住不忘。

公撲 – 公僕 形近誤用

撲：手部，猛衝或猛壓過去（撲火）。
僕：人部，被僱作做雜事、供使喚的人（僕人）。
公僕：比喻替公眾服務的人，現在多指政府官員。

高底 – 高低 形近誤用

底：广部，物品最下面的部分（鞋底）。
低：人部，位置、程度等在下面的（低聲）。
高低：指高低的程度，也指高下水平不同。

這個學校有很多不同國藉的學生。

在媽媽的鼓厲下，我對學習鋼琴再次充滿了信心。

比賽落敗之後，我非常后悔沒有多多練習。

小朋友的歌聲和楷優美，大家都聽得入神了。

國藉 – 國籍 同音誤用 形近誤用

藉：艸部，假託（藉口），依靠（憑藉）。
籍：竹部，書（書籍），出生地或長久居住的地方（國籍）。
國籍：指一個人具有的屬於某個國家的身份。

鼓厲 – 鼓勵 同音誤用 形近誤用

厲：厂部，嚴格、嚴肅（嚴厲）。
勵：力部，勤奮。
鼓勵：激發一個人的信心，教人上進。

后悔 – 後悔 同音誤用

后：口部，帝王的妻子（皇后），也是「後」的簡體字。
後：彳部，時間較晚的、位置或次序不在前面的（後面）。
後悔：為了過去的作為，或為了沒有做到的事情而懊悔。
這裏的「後」不能寫成「后」。

和楷 – 和諧 形近誤用

楷：木部，典範、榜樣，也指漢字的一種字體。
諧：言部，配合得好、協調。
和諧：配合的很恰當，和睦。

遇到危險的時候，
我們千萬不能荒張。

胡塗的弟弟把
襪子穿反了。

老師讓我們先用
原筆畫草稿。

這個狡滑的小偷
騙倒所有人，成
功地逃跑了。

荒張 – **慌張** 同音誤用 形近誤用

荒：艸部，沒有開墾過或者長時間廢棄的（荒山），偏僻（荒涼）。

慌：心部，心中不安、動作忙亂（慌忙）。

慌張：指害怕緊張，因心裏不鎮定而動作忙亂。

胡塗 – **糊塗** 同音誤用

胡：肉部，隨意亂來（胡說），也是一個姓氏。

糊：米部，粥類食物，食物燒焦了，也指黏在一起、貼。

糊塗：不明事理，混亂的。

原筆 – **鉛筆** 同音誤用

原：厂部，最初的（原始），未經加工的（原料）。

鉛：金部，一種金屬元素。

鉛筆：主要用石墨磨成粉末做成筆芯的筆。

狡滑 – **狡猾** 同音誤用 形近誤用

滑：水部，不粗糙（光滑）。

猾：犬部，奸詐。

狡猾：多計謀，不可信任，貶義詞。

兩位老人在車上傍
若無人地大聲交談。

老師高興地
接授了同學
們的禮物。

下班時分，地鐵車
箱中擠滿了人。

我們為新居
購買了全新
的傢俱。

傍若無人 – 旁若無人 音近誤用 形近誤用

傍：人部，靠近、依靠（傍晚）。

旁：方部，左右兩邊（身旁），其他的（旁人）。

旁若無人：身旁好像沒有人，形容非常投入，感受不到其他人存在。

接授 – 接受 同音誤用

授：手部，交給（授權），把知識和技能教給人（教授）。

受：又部，接收，得到（受苦）。

接受：接收事物，不拒絕。

車箱 – 車廂 同音誤用

箱：竹部，收藏衣物的方形用具（皮箱），像箱子的東西（冰箱）。

廂：广部，像屋子一樣隔開的地方（包廂）。

車廂：火車、汽車等用來載人或裝東西的部分。

傢俱 – 傢具 形近誤用

俱：人部，全、都。

具：八部，物件器具（文具），有（具有）。

傢具：家庭用具，例如牀，椅子等。

我和妹妹最愛吃媽媽包的交子啦！

這個公式真難，你能舉列解釋一下嗎？

突然下起的大雨淋得他混身都濕透了。

東東最愛吃燒味拼盆，每次去吃飯都要點這個菜。

交子 – 餃子 形近誤用

交：亠部，互相穿過、相連接（交叉），互相往來（交往）。

餃：食部，有餡的半圓形的麵食（餃子）。

餃子是食物，所以是「食」部。

舉列 – 舉例 形近誤用

列：刀部，按次序排、擺出（陳列），各、多（列國）。

例：人部，可作依據或示範的事物（例句），規則、標準（條例）。

舉例：借用具體事物，令別人更容易明白道理。

混身 – 渾身 同音誤用

混：水部，攪和在一起（混合），冒充。

渾：水部，水不清（渾濁），全、滿。

渾身：全身。

拼盆 – 拼盤 音近誤用 形近誤用

盆：皿部，用來裝東西或洗東西的器具（花盆）。

盤：皿部，淺而扁的容器（托盤），迴環曲繞（盤旋），市場情況。

拼盤：將適宜冷食的食物切好配搭在一起的盤菜。

姐姐很愛買旅遊
雜誌，家裏都快
放不下了。

每天早上媽媽都
會溫柔地將我從
睡夢中換醒。

遠處的車燈太亮了，
照得我掙不開眼睛。

節日的商店裏，
店員都忙綠地招
呼着客人。

旅游 – 旅遊 同音誤用 形近誤用

游：水部，在水裏活動（游泳），不固定、經常流動的。

遊：辵部，玩、從容地行走（遊玩），不固定、經常移動的（無業遊民）。

旅遊：旅行遊覽。因為不是水裏的活動，所以不用「游」。

換醒 – 喚醒 同音誤用

換：手部，對調（交換），以一種代替另一種（換車）。

喚：口部，呼喊、呼叫（呼喚）。

喚醒：叫醒。人們常用來比喻令人明白道理的意思。

掙 – 睜 同音誤用

掙：手部，用力擺脱束縛（掙脱），用勞動換取報酬（掙錢），盡力支撐（掙扎）。

睜：目部，張開眼睛。因為是與眼睛有關的動作，所以用「目」部。

忙綠 – 忙碌 音近誤用 形近誤用

綠：糸部，像青草那樣的顏色（綠葉）。

碌：石部，事務繁忙（勞碌），平凡。

忙碌：忙着做各種事情。

休憩站

玩玩試試

下面的這些字，換一下部首，就能變成其他字，表達完全不同的意思，你來試一試，看看能變出多少新的字？

主：□□□□□□□□

各：□□□□□

成：□□□

包：□□□□□□□□

你知道嗎？

你能分清「坐」與「座」嗎？

很多小朋友常常把「座位」寫成「坐位」，「坐下」寫成「座下」，鬧出不少笑話。到底怎樣才能分清「坐」和「座」？

其實古時中國只有「坐」字。「坐」字的樣子就像兩個人坐在土堆上，是指人跪在地上，把臀部靠在腳後跟上的這個姿勢。「坐」代表了人停下來休息的意思，因此產生了「坐車」，「坐落」等詞語。

後來，人們用「座」來專門表示「供人坐的地方或者東西」，是名詞。而「坐」就表示坐下的動作，用作動詞。記住這個區別，以後就不會再弄錯了！

漢字有段「古」

買豬千口

從前有個脾氣很大的官員，他寫字很隨便，常常亂舞一通就當作是寫好了，很難看得清他寫的是甚麼。

有一天，官員家中來了客人。他就寫了一張清單讓僕人去買菜。在清單上，他把豬舌的「舌」字寫得太鬆散了，變成「豬千口」。僕人看了，以為要買一千頭豬，卻又不敢懷疑他，就急匆匆地出發去買豬了。

僕人很辛苦地跑遍了全城，可是最多也只能買到五百頭豬。他只好忐忑不安地回到家，報告官員說：「大人，全城的豬都被我買下了，可是實在不夠一千頭呀！」

官員一聽，十分生氣，大聲罵道：「誰讓你去買一千頭豬的！真是個笨蛋！」

僕人很不服氣，暗暗在心裏說：「那個笨蛋不就是你嘛！」

我以經檢查過一遍，
沒有錯誤了。

你能猜出這個迷語的答案嗎？

馬路上，氣車來來往往。

以經 – 已經 義近誤用

以：人部，用、拿（以身作則），因為（以此為準）。

已：已部，停止（感動不已），表示事情完成或時間過去了。

已經：表示事情完成或時間過去了。注意「已」字不要寫成「己」。

迷語 – 謎語 同音誤用

迷：辵部，分辨不清（迷路），對某件事物特別愛好（球迷）。

謎：言部，供人猜測的詞組或句子（猜謎），也指很難弄明白的事情。

謎語：暗示了某種事物或文字的，供人猜測的詞組或句子。

氣車 – 汽車 同音誤用

氣：气部，氣體，自然界冷熱陰晴等現象（天氣），味道（氣味）。

汽：水部，液體或固體加熱變成的氣體，有時也專門指水蒸氣。

汽車：用來載人或貨物的四輪交通工具。

校園裏的這顆
老榕樹，伴隨
着一屆又一屆
學生成長。

表姐專門來送結婚
請貼給爸爸媽媽。

你必須把這些做錯的
題目從新溫習一遍。

為了避開行
人，司機馬
上殺車，停
在路邊。

顆 – 棵 義近誤用

顆：頁部，量詞，與粒狀的東西搭配。

棵：木部，量詞，通常一株植物就叫「一棵」。

請貼 – 請帖 同音誤用

貼：貝部，黏上（剪貼），靠近（貼身），補助（津貼）。

帖：巾部，邀請或通知的紙條。

請帖：邀請客人時送去的通知。

從新 – 重新 同音誤用

從：彳部，由（從古到今），參加（從軍），聽話不反抗（服從）。

重：里部，再（重寫），層（重重包圍）。

重新：又一次，從頭再開始。

殺車 – 剎車 同音誤用

殺：殳部，令人或動物失去生命（殺人），削減（殺價）。

剎：刀部，止住。

剎車：減慢車速直至車停下。

中國北方多出產粟米，
南方則出產稻米。

東東對各種圖型的組合
都非常感興趣。

這條小路
一直延伸
到海邊。

栗米 – 粟米 形近誤用

栗：木部，一種可以吃的樹木果實，人們常稱為栗子。「栗」字下面是「木」。

粟：米部，一種穀物，去殼後就叫小米。「粟」字下面是「米」。

粟米：原來多數指糧食，現在則指一種穀物，去殼之後就是小米。

圖型 – 圖形 同音誤用

型：土部，製做物件時用的模子（模型），樣式、類別（新型）。

形：彡部，樣子（形狀），顯露、表現。

圖形：在紙或其他平面上表示出來的物體的形狀。

廷伸 – 延伸 形近誤用

廷：廴部，古代皇帝接見官吏和辦理政務的地方。上面是「壬」。

延：廴部，伸長（延長），時間向後推（延遲）。

延伸：在大小、長短、範圍上伸展。

姐姐把洗衣粉的泡抹甩到我臉上，惹得我哈哈大笑。

今天早餐，媽媽買了豆漿和麪包。

每年的一月一日，就是「元誕」。

活動期間，私家車只能停拍在指定的位置。

泡抹 － 泡沫 形近誤用

抹：手部，擦掉（抹桌子），塗上（抹藥膏）。
沫：水部，液體表面的水泡，口水（唾沫）。
泡沫：聚在一起的許多小泡。

豆槳 － 豆漿 同音誤用 形近誤用

槳：木部，划船的用具（船槳）。
漿：水部，比較濃的液體（糖漿）。
豆漿：用大豆做成的有營養的飲品。

元誕 － 元旦 同音誤用

誕：言部，出生、生日（誕生），虛假的（怪誕）。
旦：日部，天亮、早晨，某一天（一旦）。
元旦：新年的第一天。

停拍 － 停泊 同音誤用

拍：手部，用手掌或扁平的東西打（拍手），音樂的節奏（節拍），攝影（拍電影）。
泊：水部，停船靠岸，湖（湖泊）。
停泊：在泊位停住。本來指船的停靠，後來人們也用來指車的停靠。

這是全亞
州最大的
水族館。

媽媽做的雞
旦炒飯真是
太美味了！

勤勞的園丁每天都細心
照顧花園中各種花兒。

每天上學，我都
會跟老師和同學
打召呼。

亞州 － 亞洲 同音誤用

州：巛部，古時的一種行政區域（州府）。

洲：水部，指江河中的小塊陸地（長洲），也指大陸（非洲）。

亞洲：是世界七大洲中面積最大，人口最多的一個洲。

雞旦 － 雞蛋 音近誤用

旦：日部，天亮、早晨，某一天（元旦）。

蛋：虫部，禽類、鳥類或者龜、蛇等的卵。

雞蛋：母雞所生的卵，外表有硬殼，很有營養。

圓丁 － 園丁 同音誤用

圓：囗部，一種圖形，從圖形中心到周圍距離相等。

園：囗部，種有花草樹木或瓜果蔬菜的地方（花園），供人遊覽休閒的地方（公園）。

園丁：負責種植、護理花草樹木或蔬菜水果的人。

召呼 － 招呼 形近誤用

召：口部，叫喚（召喚）。

招：扌部，打手勢叫人或示意（招手）。

招呼：用言語、點頭、打手勢等向對方致意。

我從小就跟着爺爺用字貼練寫毛筆字。

東東不斷朝我眨眼，他想告訴我甚麼？

魚兒在岸邊掙紮，希望能跳回水中。

我和爸爸每天早上都堅持游泳。

字貼 － 字帖 形近誤用

貼：貝部，黏附（剪貼），靠近（貼身），補助（津貼）。
帖：巾部，邀請或通知的紙條。
字帖：供學習書法的人模仿練習的範本。

貶眼 － 眨眼 形近誤用

貶：貝部，降低（貶值），給予不好的評價（貶義）。
眨：目部，眼皮很快地一開一閉。
眨眼：快速的閉眼動作。「貝」與「目」很像，注意不要寫錯。

掙紮 － 掙扎 同音誤用

紮：糸部，捆、束（包紮），停留（駐紮）。
扎：手部，刺，也與「掙」固定連用。
掙扎：盡力支撐，希望擺脱某種狀況。

遊泳 － 游泳 義近誤用

遊：辵部，玩、從容地行走（遊玩），不固定、經常移動的（無業遊民）。
游：水部，在水裏活動（游泳），不固定、經常流動的。
游泳：人在水中進行的一種運動，有蛙泳、自由泳等不同形式。

小寶寶在
搖籃裏睡
得很香。

學校準許我們用操場
來開聖誕節舞會。

我們都應該
遵敬師長，
愛護幼小。

這件事是我錯了，
請你願諒。

搖藍 — 搖籃

同音誤用　形近誤用

藍：艸部，像晴空、大海那樣的顏色（淺藍）。

籃：竹部，用竹條、藤條編成的東西，可以裝其他物品（花籃）。

搖籃：一般指嬰兒睡覺的地方。

準許 — 准許

義近誤用　同音誤用

準：水部，正確（準時），可作依據的法則（準則）。

准：冫部，允許、同意（批准），依據、按照。

准許：允許，許可。

遵敬 — 尊敬

形近誤用

遵：辵部，依照（遵守）。

尊：寸部，地位或輩分高（尊貴），敬重（尊重）。

尊敬：重視而且恭敬地對待。

願諒 — 原諒

意近誤用　形近誤用

願：頁部，樂意、肯（願意），希望（願望）。

原：厂部，最初的、本來的（原始），諒解。

原諒：寬恕、不責備、不懲罰別人的疏忽和錯誤。

這件西餅太好味了，你來品賞一下吧！

新年到了，我和媽媽一起把家布置得漂漂亮亮。

我和妹妹常常抱着媽媽的手臂撒嬌。

這部唱機用了很長時間，主要零件都損壞了。

品賞 — 品嚐 形近誤用

賞：貝部，獎勵（獎賞），領會事物的美（欣賞）。

嚐：口部，辨別滋味（嚐嚐味道）。

品嚐：仔細地辨別。

布置 — 佈置 同音誤用

布：巾部，棉、麻等紡織品（棉布），散開（分布）。

佈：人部，宣告、告訴公眾（發佈），安排（佈景）。

佈置：安排或陳列物件，也指安排某些活動。

撤嬌 — 撒嬌 形近誤用

撤：手部，免去（撤消），收回（撤退）。

撒：手部，放開，故意表現（撒謊）。

撒嬌：對親近的人故意作出可愛的姿態。

捐壞 — 損壞 形近誤用

捐：手部，用錢、物幫助（捐款）。

損：手部，減少、喪失（損失），遭受傷害（損壞）。右邊是「員」。

損壞：由於各種原因物件壞了，失去部分結構或功能。

他按下門鈴，很快就有
一個樸人來開門。

這條媽媽從日本買
回來的絲巾，竟然
是中國製做的。

從前在這裏
有不少乞丐
聚集，但現
在很少了。

刻服了種種困難，
我終於跑完了馬拉
松比賽。

樸人 – 僕人 形近誤用

樸：木部，不加修飾、實實在在的（純樸）。

僕：人部，被僱作做雜事、供使喚的人（女僕）。

僕人：被僱到家庭中做雜事的人。

製做 – 製造 同音誤用

做：人部，製作、製造（做手工），從事某項工作或活動（做功課）。

造：辵部，製作（製造），建築（建造）。

製造：把原材料加工成合用的產品。這裏只能用「造」。

乞丏 – 乞丐 形近誤用

丏：一部，看不見，遮蔽。

丐：一部，乞求，討飯的人。

乞丐：靠要飯、討錢生活的人。

刻服 – 克服 同音誤用

刻：刀部，用刀在物件上雕、挖（雕刻），形容程度深（深刻）。

克：儿部，戰勝、攻下，限制禁止。

克服：戰勝，制服。

我最怕看恐佈電影了！

因為嬌傲，小白兔在跑步比賽中輸給了烏龜。

進入決賽，參賽者之間的競爭越來越激烈了。

護士姐姐幫我打針，一點都不痛。

恐佈 – 恐怖

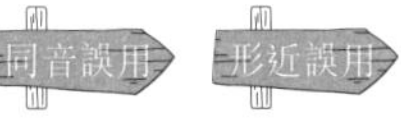

佈：人部，宣告、告訴公眾（宣佈），分散、散開（分佈）。

怖：心部，恐懼、害怕。

恐怖：因可怕而畏懼。

嬌傲 – 驕傲

同音誤用

嬌：女部，美好、可愛（嬌美），柔嫩脆弱（嬌嫩）。

驕：馬部，傲慢（驕橫）。

驕傲：自以為了不起，看不起人；也有自豪的意思。

兢爭 – 競爭

形近誤用

兢：儿部，小心謹慎（兢兢業業）。

競：立部，比賽、爭勝（競賽）。

競爭：為了自己的利益而與別人爭勝。

護土 – 護士

形近誤用

土：土部，地面上泥、沙混合的東西。

士：士部，對人的敬稱（女士），也指從事某種職業的技術人員。

護士：在醫療機構中擔任護理工作的人。

工人為牆壁
塗上綠色的
油漆，房間
變得漂亮了。

今天我們在課室
裏模擬了法廷審
案的經過。

生物課上，老師教我們怎樣
辯別不同品種的玫瑰花。

快去看辦公室外的告
事牌，你得獎了！

牆璧 – 牆壁 同音誤用

璧：玉部，古代的一種玉器。

壁：土部，牆（壁畫），像牆那樣陡峭的山崖（峭壁）。注意下面是「土」字。

牆壁：院子或房屋的四圍。

法廷 – 法庭 同音誤用

廷：廴部，古代帝王接見官員和辦公的地方（朝廷）。

庭：广部，廳堂（大庭廣眾），法院審理案件的場所。

法庭：法院審理案件的地方。

辯別 – 辨別 同音誤用 形近誤用

辯：辛部，爭論是非真假（辯論）。

辨：辛部，識別、區別（分辨）。

辨別：區別不同的事物。因為與說話無關，所以中間不是「言」。

告事牌 – 告示牌 同音誤用

事：亅部，工作（國家大事），意外發生的事情（事故）。

示：示部，把東西告訴人或把東西給人看（示威）。

告示牌：用來引起別人關注，或將信息告知別人的牌子。

我們還有這家酒樓的現金卷，再不用就過期啦！

停電的時候，臘燭能為全家帶來光明。

快下雨了，小馬蟻們趕緊把糧食搬回洞裏。

警察將毆打路人的醉酒人士帶回了警局。

現金卷 – 現金券 形近誤用

卷：卩部，書籍、字畫（畫卷），印有試題的紙（試卷）。
券：刀部，用紙片等印成的憑證。
現金券：消費時代替現金的憑證。

臘燭 – 蠟燭 同音誤用

臘：肉部，農曆十二月，或指冬天經醃製後風乾的肉類。
蠟：虫部，從某些動物或植物身上取出來的油，平常多數指蠟燭。
蠟燭：用蠟或其他油脂製成的用來照明用的東西。

馬蟻 – 螞蟻 同音誤用

馬：馬部，一種善於奔跑的動物，尾巴有長毛，可以拉車、供人騎乘。
螞：虫部，常與「蟻」連用，表示一種羣居的昆蟲。
螞蟻：一種昆蟲，成羣地居住在地下的洞穴中。

歐打 – 毆打 形近誤用

歐：欠部，歐洲的簡稱，也是一個姓氏。
毆：殳部，打。
毆打：打（人）。

每逢春節，
我和爸爸媽
媽都要去探
訪親戚。

姐妹倆感情很好，
從小就非常親蜜。

爺爺收藏着很多名家的書畫。

參加這次辯論比賽，
我有很大的收獲。

親威 – 親戚 形近誤用

威：女部，氣勢強大、令人害怕（威風）。

戚：戈部，親人。

親戚：跟自己的家庭有血統或婚姻關係的人。

親蜜 – 親密 同音誤用 形近誤用

蜜：虫部，蜜蜂採來花的甜汁釀成的東西，也表示甜美。

密：宀部，距離短、空隙小（密集），關係親近（密切），不公開（秘密）。

親密：感情好，關係密切。

收臧 – 收藏 形近誤用

臧：臣部，好，也是一個姓氏。

藏：艸部，隱蔽、躲起來（躲藏），收起來存放好（儲藏）。

收藏：收集，藏好。

收獲 – 收穫 同音誤用

獲：犬部，捉住（破獲），得到（獲得）。

穫：禾部，收割莊稼。

收穫：取得成熟的農作物，也比喻心得、成果等。

外公的退休生活非常攸閒，他每天都過得很開心。

這位老婆婆的曾孫剛出生，真可以說是四代同堂了！

每逢節假日，就是酒樓待應生們最忙碌的時候。

獨光映着媽媽的笑臉，全家都開心地祝她生日快樂。

攸閒 – 悠閒 形近誤用

攸：攵部，所（生死攸關）。
悠：心部，久遠（悠長），安閒（悠然自得）。
悠閒：有空閒，自在，安樂舒適。

僧孫 – 曾孫 同音誤用

僧：人部，和尚。
曾：日部，中間隔兩代的親人，也是一個姓氏。
曾孫：隔了兩代的孫兒。

待應生 – 侍應生 形近誤用

待：彳部，等候（等待），對人或事的態度（對待）。
侍：人部，陪伴、照料。
侍應生：餐廳、酒樓等食肆裏專門服務顧客的人之一。

獨光 – 燭光 形近誤用

獨：犬部，只有一個（獨唱）。
燭：火部，一種需要點火的照明用具（蠟燭）。
燭光：燭火的亮光。

這個醫生專門醫
治各種痛証。

暑期結束，
我依依不舍
地離開了鄉
下爺爺的家。

大家正在玩
耍的時候，
小文悄悄地
離開了。

用對了方法，我們
做事就能事半工倍。

証 – 症 同音誤用 形近誤用

証：言部，「證」的異體字，用人物或事物來說明、解釋（證明）。

症：疒部，病狀（病症）。

痛症：各種跟痛有關的疾病。

依依不舍 – 依依不捨 同音誤用

舍：舌部，房屋、住所（宿舍）。

捨：手部，放棄（捨得），把財物給人（施捨）。

依依不捨：形容不想離開，不想分離。

俏俏 – 悄悄 同音誤用 形近誤用

俏：人部，長得漂亮、可愛（俏皮）。

悄：心部，聲音很低。

悄悄：很安靜，不發出聲音。

事半工倍 – 事半功倍 同音誤用

工：工部，從事勞動生產的人（女工），勞動、工作。

功：力部，貢獻成就（功勞），成效、效果。

事半功倍：形容花費的勞力小，收到的成效大。

玩玩試試

漢字真好玩，加一筆，減一畫，新字變變變！你也快來試一試！

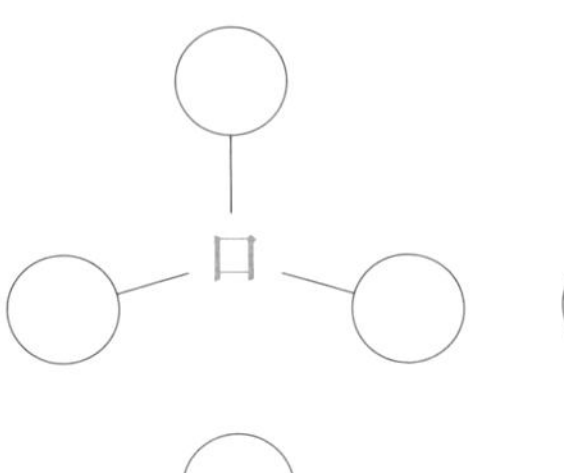

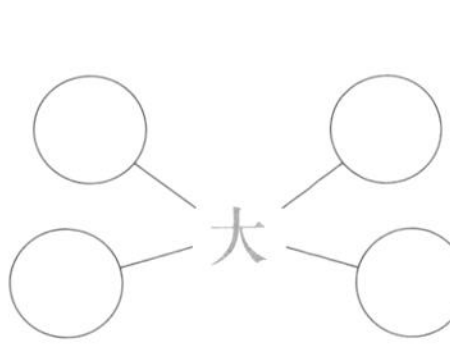

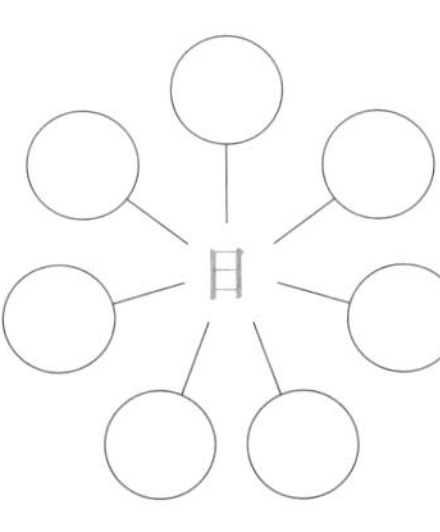

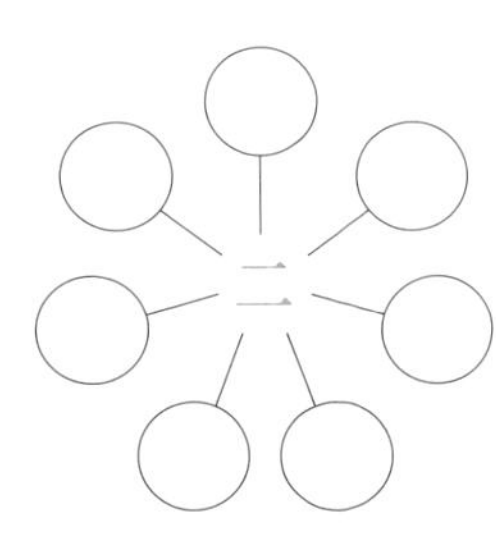

你知道嗎？

「車」為何要讀成「居」？

就算沒下過象棋，你一定聽過「車馬炮」這個詞。你有沒有奇怪，為甚麼把「車」讀成「居」呢？

原來，古時的車是用來載人的，人們可以在車上休息，像屋子一樣，所以當時的「車」字讀「居」音。後來，車漸漸有了更多用途，「車」字才慢慢變成了今天的讀音。

傳說車是在黃帝打仗時發明的。在古代，擁有戰車最多的國家，代表戰力最強大。中國象棋模擬的是兩方軍隊進行戰爭，當中出現的「車」，就讀「居」音。

此外，「舟車勞頓」[1]、「車馬費」等詞語，也讀「居」音。因為詞語中的「車」字都指古代載人的「車」。而我們常說的「汽車」、「車船」、「搭車」，是跟古代的車無關，就要讀成「侈」音啦！

①舟車勞頓：形容旅途勞累疲倦。「舟車」指一切水陸交通工具。

漢字有段「古」

琵琶與枇杷

從前有個官員愛吃枇杷，有人要討好他，就買了一筐上等的枇杷送去，還寫了一封信，叫人送給官員。信上寫道：「敬奉琵琶一筐，請笑納。」

官員看了覺得很奇怪：為甚麼要送我一筐琵琶呢？琵琶是樂器，怎可以用筐裝着？當他看到筐裏的枇杷，才明白過來。於是，他在信上寫了一首詩：

枇杷不是此琵琶，
只恨當年識字差。
若使琵琶能結果，
滿城簫管[1]盡開花。

①簫管：一般用來指管樂器。

聖誕節到了，
大街上張燈結
采，美麗極了。

用這種慢不經心
的態度，是不會
把事情做好的。

小強特然從
背後拍我，
嚇了我一跳。

一次又一
次的失
敗，使他
心恢意
冷。

張燈結采 — 張燈結綵 同音誤用

采：采部，神態（神采）。
綵：糹部，彩色絲綢（剪綵）。
張燈結綵：形容節日或有喜慶事情的景象。

慢不經心 — 漫不經心 同音誤用 形近誤用

慢：心部，速度不快（緩慢），態度冷淡、不禮貌（傲慢）。
漫：水部，水滿了往外流，隨意、不受拘束（漫遊）。
漫不經心：比喻人做事隨隨便便，不放在心上。

特然 — 突然 同音誤用

特：牛部，不一般（特別）。
突：宀部，很快、忽然，超出（突出）。
突然：出其不意，忽然的意思。

心恢意冷 — 心灰意冷 同音誤用

恢：心部，大、寬廣。
灰：火部，物體燃燒後剩下的粉末（煙灰），塵土（灰塵），
　　在黑與白之間的顏色。
心灰意冷：形容失望到極點，失去了進取的心。

經過警方的努力，這件案件終於真像大白。

小玲和美美二口同聲地回答：「我不去！」

女皇全身珠光寶器，光彩照人。

兒子拿到鋼琴比賽第一名，他終於可以在大家面前楊眉吐氣了。

真像大白 － 真相大白

同音誤用

像：人部，照人物原樣製成的形象（肖像），相似。

相：目部，表示雙方都有的行為動作（互相），容貌、模樣（相貌）。

真相大白：真實情況完全清楚明白了。

二口同聲 － 異口同聲

同音誤用

二：二部，數目字、一加一的得數，第二（二哥）。

異：田部，不同（異常），奇特（奇異）。

異口同聲：不同的人說同樣的話，形容意見一致。

珠光寶器 － 珠光寶氣

同音誤用

器：口部，用具，也指人的才幹。

氣：气部，指氣體，也指事物的狀態（氣氛）。

珠光寶氣：形容服飾、陳設等非常華麗。

楊眉吐氣 － 揚眉吐氣

楊：木部，指楊樹，也是一個姓氏。

揚：手部，舉起、升起（揚手），飄動（飄揚），稱讚（表揚）。

揚眉吐氣：形容人不再被看不起，高興痛快的樣子。

足球隊員們興高彩烈地捧着獎杯走上講台。

今天是表姐結婚的好日子，全家人都喜氣揚揚。

來到海洋公園，我們興緻勃勃地觀看了海豚表演。

哥哥看書時總是專心至志，所以他能獲得很好的成績。

興高彩烈 – 興高采烈

同音誤用

彩：彡部，各種顏色（七彩），出色（精彩），稱讚（喝彩）。

采：釆部，神態（神采）。

興高采烈：指興致高，情緒很好，精神飽滿。

喜氣揚揚 – 喜氣洋洋

同音誤用

揚：手部，舉起、升起（揚手），傳播、顯示（宣揚）。

洋：水部，地球上最大的水的範圍（海洋），大、多（洋溢）。

喜氣洋洋：形容非常歡樂的樣子。

興緻勃勃 – 興致勃勃

緻：糸部，精密、精細（細緻）。

致：攵部，向對方表示（致意），引起（致命），情趣（別致）。

興致勃勃：形容興趣很濃厚，情緒很高的樣子。

專心至志 – 專心致志

至：至部，到（至今）。

致：攵部，盡，極。

專心致志：意指很用心，把心思全放在一件事上。

琳琳學習不認真，卻愛對成績好的同學說三倒四。

桂林是個山名水秀的好地方。

春天來了，森林裏到處烏語花香，生氣勃勃。

現代科技的發展日新月義，不斷進步。

說三倒四 – 說三道四 同音誤用

倒：人部，向相反方向行動（倒車），位置反了（倒影）。
道：辵部，路，正義（道理），說。
說三道四：形容不負責任地胡亂議論。

山名水秀 – 山明水秀 同音誤用

名：口部，人、地、事情的稱呼（名字），聲望（出名）。
明：日部，光亮（明亮），懂得（明白），公開的（明顯）。
山明水秀：山水景色明媚，秀麗。形容風景優美。

烏語花香 – 鳥語花香 形近誤用

烏：火部，一種黑色的鳥兒（烏鴉），黑色（烏黑）。
鳥：鳥部，飛禽的總稱，鳥全身有羽毛，大多數會飛（候鳥）。上部比「烏」多一橫。
鳥語花香：形容春天的美好景象。

日新月義 – 日新月異 同音誤用

義：羊部，公正的道理或舉動（正義），意思（詞義）。
異：田部，不同（異常），奇特的（怪異）。
日新月異：指發展或進步迅速，不斷出現新事物。

張老師是一位名付
其實的好老師，學
生們都喜歡她。

哥哥每次考試都
能名列前矛，我
真佩服他。

我理值氣壯地回答：
「我沒有做錯！」

願大家一起
愉快地享受
此刻的良晨
美景！

名付其實 – 名副其實 音近誤用

付：人部，給（支付）。

副：刀部，次要的（副業），符合（名不副實），量詞（一副對聯）。

名副其實：名聲或稱號與實際情況一致。

名列前矛 – 名列前茅 同音誤用

矛：矛部，古代一種長柄帶槍頭的兵器。

茅：艸部，茅草，一種草，可以用來造紙。

名列前茅：指名次排在前面，形容成績優異。

理值氣壯 – 理直氣壯 同音誤用

值：人部，價格、價值（一文不值），貨物與價錢相當（不值錢）。

直：目部，不彎曲的（直線），公正、正確（正直）。

理直氣壯：理由正當充分，説話有氣勢。

良晨美景 – 良辰美景 同音誤用

晨：日部，清早、太陽剛出來的時候（早晨）。

辰：辰部，多數指時間、日子。

良辰美景：良好的時刻，美麗的景色。

每天早上，爺爺都會打開收
音機，律律有味地聽粵曲。

這個字你多寫了一
點，畫蛇添竹，反
而寫錯了。

陳校長是個
和靄可親的
老伯伯。

騙子用很多
花言考語，
把老婆婆的
積蓄騙光了。

律律有味 – 津津有味 形近誤用

律：彳部，法則（法律）。
津：水部，唾液，也是中國天津市的簡稱。
津津有味：形容興趣濃厚或有滋味的樣子。

畫蛇添竹 – 畫蛇添足 同音誤用

竹：竹部，一種莖很直且中間空心、有節的植物。
足：足部，腳，也表示充分、滿（充足）。
畫蛇添足：比喻做了多餘而不恰當的事，有害無益。

和靄可親 – 和藹可親 同音誤用 形近誤用

靄：雨部，指雲氣，輕霧。
藹：艸部，和氣。
和藹可親：指一個人的修養很好，態度溫和，容易接近，一般指老人。

花言考語 – 花言巧語 同音誤用

考：老部，測試、測驗（考試），思索、研究（思考）。
巧：工部，靈敏精細（靈巧），恰好。
花言巧語：多數指用來騙人的好聽的話。

小明得意揚揚地說：
「這個機器人是我爸爸買的，你們都沒有！」

這家酒店裝修得富麗堂皇，非常豪華。

小華是我們學校大名鼎鼎的「短跑王」，沒有人不知道他。

他對自己的過去總是避重就輕，不願細說。

得意揚揚 － 得意洋洋 同音誤用

揚：手部，舉起、升起（揚手），傳播、顯示（宣揚）。
洋：水部，地球上最大的水域（海洋），盛大、多（洋溢）。
得意洋洋：形容十分得意的樣子。

富麗堂王 － 富麗堂皇 同音誤用

王：玉部，國家最高的領導人（國王），也是一個姓氏。
皇：白部，帝王（皇后），盛大。
富麗堂皇：形容房屋宏偉豪華。

大名頂頂 － 大名鼎鼎 同音誤用

頂：頁部，人或物體最上面的部分（屋頂），支撐（頂住）。
鼎：鼎部，本指古代煮東西的容器，也表示大。
大名鼎鼎：形容非常有名。鼎鼎，就是盛大的意思。

遮重就輕 － 避重就輕 形近誤用

遮：辵部，擋住、掩蓋（遮蓋）。
避：辵部，躲開（閃避），防止（避免）。
避重就輕：指避開重的責任，只選輕的來承擔。也指避開主要的問題，只談無關重要的方面。

妹妹突然從滑梯上掉下來，我被嚇得不知所錯。

李老闆，祝你生意興隆，財原廣進！

常年累月的辛勞，使外公的腰越來越彎了。

大廷廣眾下，你怎麼能說謊呢？

不知所錯 – 不知所措 形近誤用

錯：金部，不正確（錯誤）。

措：手部，安排、處理（措施）。

不知所措：不知道該怎麼辦才好。形容處境或心中慌亂。

財原廣進 – 財源廣進

原：厂部，最初的、本來的（原始），未經加工的（原料）。

源：水部，水流的起點（水源），事物的來歷（來源）。

財源廣進：祝賀別人能從很多方面獲得財富。

常年累月 – 長年累月 音近誤用

常：巾部，長久不變的（四季常青），時時（經常）。

長：長部，空間或時間的距離大（長途），長度單位（長一米）。

長年累月：形容經過了很多年月。長年，就是整整一年的意思。

大廷廣眾 – 大庭廣眾 同音誤用 形近誤用

廷：廴部，古代帝王接見官員和辦公的地方（朝廷）。

庭：广部，廳堂（大庭廣眾），房子前的院子（庭院）。

大庭廣眾：聚集很多人的公開場合。

哥哥對爸爸的話冲耳不聞，只顧做自己的事情。

我和妹妹廢盡心思，在媽媽的生日給了她一個驚喜。

我們都不在家，放在桌子上的蛋糕卻不翼而飛了。

軍隊出奇不意地襲擊了敵人的營地。

沖耳不聞 — 充耳不聞

沖：水部，用水、酒等澆（沖茶），用水撞（沖洗）。

充：儿部，滿的、足夠的（充滿），填滿、塞住（充電）。

充耳不聞：塞住耳朵不聽，形容有意不聽別人的意見。

不冀而飛 — 不翼而飛

冀：八部，希望，也是河北省的簡稱。

翼：羽部，翅膀（鳥翼）。

不翼而飛：比喻東西突然不見了。也比喻消息傳得很快。

廢盡心思 — 費盡心思

廢：广部，放棄不用（廢除），沒用的（廢品）。

費：貝部，消耗（浪費），款項（學費）。

費盡心思：想盡辦法，形容千方百計地想做成某件事情。

出奇不意 — 出其不意

奇：大部，少見的、特殊的（奇特）。

其：八部，他們、他人（其他），這、那（其次）。

出其不意：趁對方沒有想到就行動。

哥哥決定要發奮圖強，考取全港最好的大學。

看到這些美麗的溶洞，讓我們感嘆大自然的鬼斧神功。

人人都要遵守法律，不能任意糊作非為。

這間酒家古色古鄉，裝修得非常有特色。

發奮圖強 – 發憤圖強

同音誤用

奮：大部，打起精神、鼓足勁（奮鬥）。
憤：心部，生氣、不滿（氣憤）。
發憤圖強：下定決心，努力求得進步。

鬼斧神功 – 鬼斧神工

同音誤用

功：力部，貢獻、成就（功勞），技巧、本領（功力）。
工：工部，從事勞動生產的人（工人），技巧（做工）。
鬼斧神工：形容事物的神奇巧妙，非人力能達到。

糊作非為 – 胡作非為

同音誤用

糊：米部，粥類食物，食物燒焦了，也指黏在一起、貼。
胡：肉部，隨意亂來（胡說），也是一個姓氏。
胡作非為：不講道理，隨意幹壞事。

古色古鄉 – 古色古香

同音誤用

鄉：邑部，農村（鄉村）。
香：香部，芬芳好聞的味道（香味）。
古色古香：形容非常古雅的色彩或情調。

這個人鬼鬼祟祟的，難道是個小偷？

別以為自己很了不起，其實你只是一隻井底之娃。

這個實驗阿東已經做過很多次，一切都架輕就熟了。

鬼鬼崇崇 － 鬼鬼祟祟 形近誤用

崇：山部，高（崇高），尊重（崇拜）。注意這個字是上「山」下「宗」。

祟：示部，多數指暗中破壞或行為不光明正大（鬼祟）。注意這個字是上「出」下「示」。

鬼鬼祟祟：行動偷偷摸摸的，不光明正大。

井底之娃 － 井底之蛙 同音誤用 形近誤用

娃：女部，小孩。

蛙：虫部，一種能在水中和陸地生存的動物，最常見的是青蛙。

井底之蛙：比喻見識很少的人。

架輕就熟 － 駕輕就熟 同音誤用

架：木部，安放東西的物件（書架），搭起（架橋）。

駕：馬部，用牛、馬等動物拉（駕車），操縱車、船、飛機等（駕駛）。

駕輕就熟：比喻對事物熟悉，技藝純熟，毫不費力。

每當要做重要的決定，我總會舉旗不定。

他誇耀自己的時候，總是眉飛色武，說個不停。

長城對國家的保衛作用早已明存實亡了。

從前她是一個漠漠無聞的普通人，現在她是有名的大作家。

舉旗不定 － 舉棋不定 同音誤用

旗：方部，用布或紙等做成的標誌，多數是長方形和三角形。

棋：木部，是一種娛樂的用具，包括象棋、圍棋等。

舉棋不定：比喻做事很多顧忌，很難做出決定。

眉飛色武 － 眉飛色舞 同音誤用

武：戈部，與軍事有關的（武力），勇猛（威武）。

舞：舛部，跟着節奏表演各種姿勢（跳舞），做出類似跳舞的動作（手舞足蹈）。

眉飛色舞：形容人得意興奮的樣子。

明存實亡 － 名存實亡 同音誤用

明：日部，光亮（明亮），懂得（明白），公開的（明顯）。

名：口部，人、地、事情的稱呼（名字），聲望（出名）。

名存實亡：名義上還存在，實際上已經消失了。

漠漠無聞 － 默默無聞 音近誤用

漠：水部，面積闊大、無人居住的沙石地帶（沙漠）。

默：犬部，不說話不出聲（沉默）。

默默無聞：不出名，不被人知道。

要獲得真正的成功，不能靠旁門阻道的方法。

我最愛與爸媽一起游山玩水，享受大自然的美景。

隨着人流增多，商舖租金也水脹船高，隨之增加。

班長離開後，群龍無手，大家沒法統一意見。

旁門阻道 – 旁門左道

同音誤用

阻：阝部，擋住、攔住（阻止）。

左：工部，與「右」相對的方向，不正當的。

旁門左道：多數指不正當的方法、途徑。

游山玩水 – 遊山玩水

同音誤用

遊：辵部，玩、從容地行走（遊玩），不固定、經常移動的（無業遊民）。

游：水部，在水裏活動（游泳），不固定、經常流動的。

遊山玩水：遊覽，玩賞山水景物。

水脹船高 – 水漲船高

同音誤用

脹：肉部，體積變大，吃得過飽而不舒服。

漲：水部，水位升高（漲潮），價格提高（漲價）。

水漲船高：比喻事物隨着自身的基礎提高，而增加提高。

群龍無手 – 群龍無首

手：手部，人體上肢，用來拿東西的部分。

首：首部，頭，也指最高領導人（首領）。

群龍無首：比喻沒有領頭的人，無法統一行動。

弟弟沉迷於玩模型，沒法改變，大家只能順期自然了。

媽媽一直無微不致地照顧我和爸爸。

小華平時總是去玩，到考試前就要通霄達旦地複習。

談起自己喜歡的書法，爸爸可以濤濤不絕地說整個下午。

順期自然 – 順其自然 同音誤用

期：月部，規定的時間（限期），希望（預期）。

其：八部，他、他們的，這、那。

順其自然：任由事物、人按自己的自然規律或愛好發展，不加影響。

無微不致 – 無微不至 同音誤用

致：至部，給與、向對方表示（致電），引起（致謝），達到（學以致用）。

至：至部，到（從頭至尾），極、最（至親）。

無微不至：形容關懷照顧得非常周到，細緻。

通霄達旦 – 通宵達旦

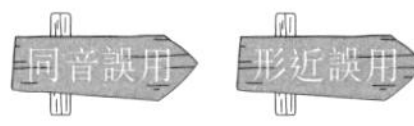

霄：雨部，云、天空。

宵：宀部，夜（宵夜）。

通宵達旦：整整一夜，從天黑到天亮。

濤濤不絕 – 滔滔不絕

濤：水部，大浪（浪濤），像波濤的聲音（松濤）。

滔：水部，水流面積很大。

滔滔不絕：形容連續不斷，常指話多。

爸爸媽媽總是望子乘龍，但他們知道孩子真正的需要嗎？

做事要乾脆利落，不要拖泥戴水。

太陽出來了，我的煩悶心情馬上消失得無影無終。

望子乘龍 － 望子成龍 同音誤用

乘：丿部，騎、坐（乘車），趁着、利用（乘機）。

成：戈部，事情做完、已經達到目的（完成），事物發展到一定的狀態（成熟）。

望子成龍：希望兒子成為出色而耀眼的人物。

拖泥戴水 － 拖泥帶水 同音誤用

戴：戈部，把東西加在頭上或身體的其他部位（戴帽子）。

帶：巾部，捆紮用的長條形東西（鞋帶），隨身拿着（攜帶）。

拖泥帶水：形容説話做事不乾脆利落，猶豫着很難做決定。

無影無終 － 無影無蹤 同音誤用

終：糸部，結束（終點），從開始到末尾的整段時間（終生）。

蹤：足部，腳印、痕跡（跟蹤）。

無影無蹤：形容完全消失，不知去了哪裏。

玩玩試試

以下一堆詞語中，隱藏了一個漢字，你能找出來嗎？提示：裏面有很多錯別字，找找看！

凡是　分鐘　風彩　小題大做　相貌　大廳　擁擠

招呼　祥略　衝動　人像　斑點　衝動　儉樸

不勘設想　豆槳　大廳　反省　人功　急匆匆　無微不至

掙扎　打駕　帶領　一併　內容　官司　分辯

彩虹　入場卷　乘坐　安份守己　船倉　留戀忘返　搏士

不知所措　捨已為人　皺眉　無微不至　打掃　豪氣　粗製濫造

漢字有段「古」

姓「李」還是姓「季」？

從前有個李家村，村民都姓李，以種田為生。後來，村裏有人當了官，所有人都很高興。

有一天，村裏突然來了一大隊官兵。帶頭的軍官高聲喊道：「姓李的都出來，在本官面前跪下！」

他等了一會，都不見有人跪下來。這時候，村長站了出來，恭敬地說：「請問你有甚麼事情呢？」

軍官「哼」了一聲，說：「官員李某犯了罪，我們奉皇帝的命令，捉拿李氏全族！」

村長聽了，連忙賠笑說：「我們這裏是季家村，沒有人姓李呀！」

軍官當然不相信，就派人查看村裏祠堂和每戶人家的祖宗牌位。果然，所有姓氏都是「季」，不是「李」。由於村民都不是李姓的，官兵只好不甘心地走了。

原來，村長提前收到了消息。為了救人，他就想出了在「李」字上加多一撇變成「季」字的辦法，結果挽救了全村人的性命。

從此以後，這個村子就從「李家村」變成「季家村」了。

公主心安理得地讓僕人們服侍她梳妝打扮。

吃完一碗雲吞麵，弟弟就心滿義足了。

我和姐姐自小就型影不離，到哪裏都在一起。

心安里得 － 心安理得 同音誤用

里：里部，居住的地方（鄰里），也是長度單位（公里）。

理：玉部，事物本身的條紋、次序（條理），事物的規律、是非得失的標準（道理）。

心安理得：自以為做的事情合乎道理，心裏很自然。

心滿義足 － 心滿意足 義近誤用

義：羊部，公正合理的道理或行為（正義），意思（意義）。

意：心部，心中的想法（意志），人或事物流露出來的情態。

心滿意足：做了某件事或得到某樣東西，自己很高興，非常滿足。

型影不離 － 形影不離 同音誤用

型：土部，製造物件時用的模子（模型），樣式、類別（新型）。

形：彡部，樣子（形狀），顯露、表現。

形影不離：形容彼此關係十分密切。

整個下午我都心繁意亂，坐立不安。

看見路人需要幫忙，我們不應就手旁觀。

只有做到「因才施教」，學生們才能得到適當的教導。

媽媽費殺苦心，終於找到了能幫弟弟治病的醫生。

心繁意亂 － 心煩意亂 同音誤用

繁：糸部，多（繁忙），興旺（繁華）。

煩：火部，心裏苦悶（煩惱），討厭（厭煩）。

心煩意亂：形容心情煩惱不安，脾氣急，心思多而亂。

就手旁觀 － 袖手旁觀 同音誤用

就：尢部，立刻（説完就走），只有，靠近。

袖：衣部，上衣從肩部到手腕的部分（袖子），藏在袖子裏。

袖手旁觀：比喻置身事外或不協助別人。

因才施教 － 因材施教

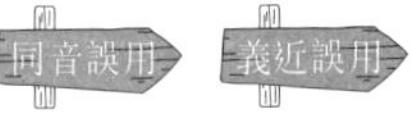

才：手部，能力（才能），很有能力的人（天才），剛剛（剛才）。

材：木部，原料、物資（材料），能力（人材）。

因材施教：老師根據不同學生的特點，進行不同的教育，令每個學生都能得到最好的發展。

費殺苦心 － 費煞苦心

殺：殳部，令人或動物失去生命（殺人），削減（殺價）。

煞：火部，很、極，表示程度深。

費煞苦心：形容費盡心思。

動聽的旋律和美麗的歌詞是相輔相承的，缺少哪一個都不行。

李老師語重深長地對我說：「只要克服粗心的缺點，你一定能做得更好！」

老師一來，課室裏立刻變得鴉鵲無聲。

相輔相承 － 相輔相成 同音誤用

承：手部，接受、擔當（承擔），繼續（繼承）。

成：戈部，事情做完（完成），建立（成立），事物發展到一定的狀態（成熟）。

相輔相成：指兩件事物互相配合，互相補充，缺哪個都不可以。

語重深長 － 語重心長 同音誤用

深：水部，從上到下的距離大（深水），顏色濃（深紅）。

心：心部，心臟，也指思想、感情等（心思）。

語重心長：形容對人真誠的勸告或建議。一般用於形容長輩對晚輩說話。

鴉鵲無聲 － 鴉雀無聲 同音誤用

鵲：鳥部，一種鳥兒，也稱喜鵲，從前人們認為聽到喜鵲叫代表有好事發生。

雀：隹部，常指小鳥，例如麻雀。

鴉雀無聲：指甚麼聲音都沒有，形容非常安靜。

老師希望我們再接再勵，繼續爭取奪得百米賽跑的冠軍。

全靠那位志勇雙全的警察，才能這麼快抓到幾個搶劫犯。

憑着一點蛛絲螞跡，福爾摩斯就能找出兇手。

我們栽歌栽舞，歡慶新一年到來。

再接再勵 － 再接再厲

同音誤用

勵：力部，勤奮（鼓勵）。

厲：厂部，嚴格 、嚴肅（嚴厲），猛烈。

再接再厲：繼續努力，形容一次又一次地努力。

志勇雙全 － 智勇雙全

同音誤用

志：心部，理想（志向）。

智：日部，聰明（智力），見識（智慧）。

智勇雙全：形容人有智慧，又勇敢善戰。

蛛絲螞跡 － 蛛絲馬跡

同音誤用

螞：虫部，常與「蟻」連用，表示一種羣居的昆蟲。

馬：馬部，一種善於奔跑的哺乳動物，尾巴有長毛，可以拉車、供人騎乘。

蛛絲馬跡：比喻可以查探事物根源的很細微的線索。

栽歌栽舞 － 載歌載舞

栽：木部，種植（栽種）。

載：車部，用車、船等交通工具裝運（載客），又、且。

載歌載舞：又唱歌又跳舞，形容人們非常高興。

你對曾經做錯的題目不能置支不理，反而應該多溫習。

這幾年的生意很順利，他顯得格外義氣風發。

他自己也很難自完其說，因為那是一個謊話啊！

數學老師水平很高，我們對她心悅成服。

置支不理 － 置之不理 同音誤用

支：支部，撐起（支撐），援助（支持）。

之：丶部，的（無價之寶），代替人或物品。

置之不理：（把物品）放在一邊不理不睬。

義氣風發 － 意氣風發 音近誤用

義：羊部，公正合理的道理或行為（正義），意思（意義）。

意：心部，心中的想法（意志），人或事物流露出來的情態。

意氣風發：形容精神振奮，豪氣爽快。

自完其說 － 自圓其說 同音誤用

完：宀部，齊全、沒有破壞的（完美），做成了（完成），盡（用完）。

圓：囗部，一種圖形，從圖形中心到周圍距離相等。

自圓其說：指說話的人使自己的觀點或謊話不讓人發現，不被人懷疑。

心悅成服 － 心悅誠服 同音誤用

成：戈部，事情做完、已經達到目的（完成），事物發展到一定的狀態（成人）。

誠：言部，真心實意（誠實），的確是。

心悅誠服：真心地服從或佩服，沒有不服氣。

無獨有偶，他也在同一天晚上看到了彗星飛過。

受害人痛心嫉首地指出犯人的罪行。

媽媽盡力在經濟上開源截流，減輕爸爸的負擔。

謊話被當場揭穿，他惱羞成怒，轉頭就走了。

無獨有禺 — 無獨有偶 形近誤用

禺：内部，與「番」連用，「番禺」是廣東省的地方名。
偶：人部，雙數、成對（偶數），難得的（偶然）。
無獨有偶：不只一個，還有一個可以配對。表示兩事或兩人很相似。

痛心嫉首 — 痛心疾首 同音誤用

嫉：女部，怨恨比自己強的人（嫉妒），憎恨（嫉惡如仇）。
疾：疒部，病，痛苦（疾病），快速、猛烈（疾馳）。
痛心疾首：形容憎恨到極點。

腦羞成怒 — 惱羞成怒 同音誤用

腦：肉部，頭部，高等動物神經系統的主要部分（大腦）。
惱：心部，生氣（惱怒），心情不暢快（煩惱）。
惱羞成怒：由於羞或慚愧，惱恨而發怒。

開源截流 — 開源節流 音近誤用

截：戈部，切斷、割斷（截斷）、阻擋、攔住（截擊）。
節：竹部，本義是植物分枝長葉的地方，也指省減、不浪費（節儉）。
開源節流：比喻在財政經濟上增加收入，節省開支。

這個小朋友在玩得最高興的時候，從滑梯上摔下來，真是落極生悲。

我們陶醉在濕地公園美麗的景色中，留戀忘返。

書店裏有林林種種的故事書，我們應該怎樣挑選呢？

這種藥的效果是立竿見影的，爺爺的咳嗽很快就好了。

落極生悲 – 樂極生悲 同音誤用

落：艸部，從高處往下掉（降落），衰敗（衰落）。

樂：木部，高興、喜悅（快樂），喜愛、願意（樂意）。

樂極生悲：高興到極點的時候，發生令人悲傷的事。

留戀忘返 – 流連忘返 音近誤用

留戀：不忍捨棄或離開。

流連：非常留戀，捨不得離開。

流連忘返：比喻因為喜歡某樣事物而不願離去。

林林種種 – 林林總總 同音誤用

種：禾部，植物的種子，也指事物的類別（種類）。

總：糸部，合起來（總共），全部的（總管），一向（總是）。

林林總總：形容眾多而雜亂。

立竿見映 – 立竿見影 同音誤用

映：日部，因光線照射而顯示出物體的影像（反映）。

影：彡部，物體擋住光線時造成的暗像（人影）。

立竿見影：比喻行動之後能馬上看到結果，或努力之後馬上能有收穫。

我們會既往開來，令舞蹈團越辦越好。

老師說學習要安部就班，認真打好基礎。

叔叔喝醉了，一個人迭迭撞撞地走回家。

爸爸，你怎能出爾返爾？答應了我的事情就要做到呀！

既往開來 – 繼往開來

音近誤用

既：无部，已經，也跟「又」,「且」連用，表示了兩者同樣重要的關係。

繼：糸部，連續、接替（繼續），隨後、跟着。

繼往開來：繼承前人的事業，開闢未來的道路。

安部就班 – 按部就班

形近誤用

安：宀部，沒有危險（安全），平靜穩定（安定）。

按：手部，用手往下壓（按倒），依照（按照）。

按部就班：按照一定的程序做事情。

迭迭撞撞 – 跌跌撞撞

迭：辵部，更換，數次（高潮迭起）。

跌：足部，摔倒（跌倒），下降（跌價）。

跌跌撞撞：形容走路不穩的樣子。

出爾返爾 – 出爾反爾

返：辵部，回來（返程）。

反：又部，相背的（反面），不同意（反對）。

出爾反爾：比喻說話和行為前後不一致，說話不算數。

小美最喜歡打扮得標新立義，讓大家都注意她。

對巨額的手術費來說，這點錢只是杯水車新。

媽媽每天都不厭其繁地提醒我過馬路要注意安全。

弟弟堅持不讓媽媽上班，真是不可理諭。

標新立義 － 標新立異 同音誤用

義：羊部，公正的道理或行為（正義），意思（詞義）。
異：田部，不同（異常），奇特的（怪異）。
標新立異：常常指提出新的見解、主張或創造出新奇的樣式。也指故意顯示自己的與眾不同來吸引人。

杯水車新 － 杯水車薪 同音誤用

新：斤部，剛出現的（新品種），剛才（新聞）。
薪：艸部，柴和草（杯水車薪），工資（薪水）。
杯水車薪：比喻力量太小，解決不了問題。

不厭其繁 － 不厭其煩 同音誤用

繁：糸部，多（繁忙），多而且複雜（繁雜），興盛（繁華）。
煩：火部，心裏苦悶、焦躁（煩悶），多而雜（煩瑣），有勞別人的客氣話。
不厭其煩：不嫌麻煩與瑣碎。

不可理諭 － 不可理喻 同音誤用

諭：言部，告訴、吩咐。
喻：口部，説明、告訴（不可理喻），明白了解（家喻戶曉）。
不可理喻：沒辦法跟某個人講道理。

我的意見就當作是拋專引玉，歡迎大家一起討論。

他出獄後，並不自曝自棄，反而更努力工作，真讓人佩服。

看完這個發人深醒的故事，我深深地感到應該珍惜現在的幸福生活。

這裏的人們過着按居樂業的生活。

抛專引玉 － 抛磚引玉 同音誤用

專：寸部，集中在一件事情上（專心），單獨的（專車）。

磚：石部，用一種土燒製的建築材料。

抛磚引玉：比喻用自己不成熟的意見引出別人高明的意見。

自曝自棄 － 自暴自棄 同音誤用 形近誤用

曝：日部，曬，也指曝光。

暴：日部，兇狠、殘酷（暴徒），不愛惜、損害。

自暴自棄：自己看不起自己，甘願落後，不求進步。

按居樂業 － 安居樂業 形近誤用

按：手部，用手往下壓（按門鈴），依照（按時）。

安：宀部，沒有危險（安全），平靜穩定（安心）。

安居樂業：安定地生活，愉快地勞動。

發人深醒 － 發人深省 同音誤用

醒：酉部，睡覺過後的狀態（睡醒）。

省：目部，檢查（反省），醒、明白（不省人事）。

發人深省：啟發人深刻思考，令人明白道理。

答案

休憩站 1

玩玩試試

主：住、駐、註、注、往、柱、蛀、柱、炷、蛀

各：格、閣、胳、洛、絡、咯

成：城、誠、盛

包：抱、飽、鮑、胞、苞、刨、泡、炮、袍、跑、咆、雹

休憩站 2

玩玩試試

日：白，口，申，田，甲，由，旦

大：犬，太，天，夭

口：日，中，曰

二：干，土，一，三，工，于，上

休憩站 3

玩玩試試

凡是　分鐘　風彩　小題大做　相貌　大廳　擁擠

招呼　祥略　衝動　人像　斑點　衝動　儉樸

不勘設想　豆槳　大廳　反省　人功　急匆匆　無微不至

掙扎　打駕　帶領　一併　內容　官司　分辯

彩虹　入場卷　乘坐　安份守己　船倉　留戀忘返　搏士

不知所措　捨已為人　皺眉　無微不至　打掃　豪氣　粗製濫造